LEVAR CONSIGO UM OCEANO
LLEVAR CONSIGO UN OCÉANO

esther blanco

URUTAU

2023

O —

editora Urutau

rua dr. manuel pacheco nobre, 128, 5 esquerdo
2830-080
barreiro (setúbal)
portugal

rua do cajú, 478
jardim das cerejeiras, 06724-015
cotia-sp
brasil

[+351] 928053619 [portugal]
[+55] 11 9 4859 2 426 [brasil]

www.editoraurutau.com
info@editoraurutau.pt

[EDIÇÃO]
debora ribeiro rendelli
tiago fabris rendelli
wladimir vaz
[REVISÃO]
marcella sarubi
[IMPRESSÃO]
iverso
[ISBN]
978-65-5900-515-4

sumário

O QUE CRESCE E MORRE

O QUE JÁ NÃO É

SER LIBÉLULA (UM EPÍLOGO)

LLEVAR CONSIGO UN OCÉANO

[91] [haberse quedado en casa]
[93] [pensar los dos lados siempre]
[94] [¿por qué guarda]
[95] [de vidrio]
[97] [una mujer haciendo un *selfie*]
[98] [estar suspendida]

TODO SE MUEVE TODO EL TIEMPO

[101] [esta mezcla de frío]
[102] [poleo menta]
[103] [llueve]
[104] [en los domingos tristes]
[105] [algunos días se escapa la alegría]
[107] [la lentitud]
[109] [se mueven las hojas]
[110] [el cielo se rasga de repente]
[111] [subir hacia lo alto]

DURARÁ POCO

[115] [el agua cristalina]
[116] [sucede]
[117] mesita de noche
[118] *foulard*
[119] [llueve en la ventana]
[120] [esperar sin horizonte]
[121] [un cuerpo]
[122] [acercarse al otro]

LO QUE CRECE Y MUERE

[125] las carpas
[126] soliloquio
[127] [no hay alegría ni risas]

LO QUE YA NO ES

SER LIBÉLULA (UN EPÍLOGO)

às minhas irmãs, Alicia e Elena
ao meu filho, Diego

a mis hermanas, Alicia y Elena
a mi hijo, Diego

Mas as estrelas brilham sobre nossas cabeças, o sol arde. O capim cresce e a terra, bem, a terra engole tudo o que é vida e apaga os rastos, vomita depois nova vida numa cascata de membros e olhos, folhas e unhas, palhas e caudas, bochechas, peles, casca e intestinos, que engole de novo. E o que nunca chegamos a compreender completamente, ou não queremos compreender, é que tudo isto acontece fora de nós, que nós formamos parte, que apenas somos o que cresce e morre cegamente, igual que são cegas as ondas do mar.

—

Pero las estrellas brillan sobre nuestras cabezas, el sol arde. La hierba crece y la tierra, bueno, se traga todo lo que es vida y borra todas las huellas, vomita luego nueva vida en una cascada de miembros y ojos, hojas y uñas, pajas y colas, mejillas, pieles, corteza e intestinos, que se vuelve a tragar. Y lo que nunca llegamos a entender del todo, o no queremos entender, es que todo esto ocurre fuera de nosotros, que nosotros no formamos parte de ello, que no somos más que lo que crece y muere ciegamente, igual que son ciegas las olas del mar.

KARL OVE KNAUSGARD

Alguém tem de morrer para que possamos valorizar a vida, é o contraste.

—

Alguien tiene que morir para que podamos apreciar la vida, es el contraste.

VIRGINIA WOOLF

[prefácio]

Feito águas: do volátil à incerteza

Clarissa Macedo

viver deveria ser fácil
como um grito
ESTHER BLANCO

Levar consigo um oceano/ Llevar consigo um océano, de Esther Blanco, de imediato, nos chama atenção pelo inusual. Acontece que a poeta hispano-brasileira escreve em duas línguas, a materna, hispânica, e a "adotada", o português brasileiro. E este é um fato que merece destaque, pois escrever poesia em diferentes projetos linguísticos traduzindo a própria obra exige um profundo conhecimento dos idiomas de tradução e uma sensibilidade sonora, rítmica e imagética, quase mística, muito poderosa — as quais, sem dúvida, a autora possui. E é a partir desse vértice de movimento que pontuarei algumas palavras sobre o estado de movência — cujo próprio (e belo) título da obra sugere — da palavra lírica no escrito mencionado.

No volume de poemas em lide, o trânsito, que (pode) se confunde com a biografia da escritora, é um ponto que rege os textos, como se o nomadismo fosse a chave que abre uma clareira, alicerçada na inquietude e perplexidade da rotina e na contemplação, minuciosa, das paisagens sensoriais, psíquicas e cartográficas pelas quais a eu poético singra.

de vidro transparente
e coração azul
líquido
a bola escondida
no baú
que se guarda
como se fosse
uma pétala seca
escurecida
resto ou marca
do que foi
luz um dia

E o que se guarda na arca da memória, como dizem os fragmentos acima, tem a cor de uma pétala seca, o vigor de um coração azul — azul como as águas que jorram dos/nos textos aqui materializados. A água é o artefato escolhido pela poeta para marcar, entre outros elementos, a mulher. A perspectiva, aqui, é totalmente feminina: da filha que atravessa e é atravessada pela perda da mãe e, sobretudo, da mulher atenta às galáxias do mar, do verde sobreposto ao céu, do espírito contemporâneo, da sutileza que macera os dias:

uma mulher se fazendo um selfie *à beira do barranco sobre o mar*
deslocada do azul
do movimento sutil das folhas na brisa
do transitar das nuvens no céu

No nomadismo — idiomático, impalpável, marinho, feminino, memorialístico, meditativo —, como refinam os filósofos Deleuze e

Guattari, compõe-se, no caso deste feixe de poemas, de uma desterritorialização: da língua, simulada e concreta em português brasileiro e espanhol, como indiquei linhas atrás; e do corpo, que se delineia pelo deslocamento do espaço e descolamento de um cotidiano, que se faz filosófico, inabitual e natural, de uma naturalidade simples, leve e objetiva, sem deixar de percorrer as carreteras densas que dão acesso à forma lírica em sua dimensão de força, encanto e subjetividade.

Dividido em cinco partes e com textos que, em sua grande maioria, não têm nome, e tal qual nômade e, portanto, híbrido em essência, *llevar consigo un océano/levar consigo um oceano* nos oferece os sonidos de uma poesia cravejada pelos azuis, por céus e pelo aquático, nos toma pela mão e nos mergulha, pedra sobre pedra, nos arrecifes de um oceano calcado pela maleabilidade, própria do que é aquoso, e pelo movediço. Assim, ficamos "absortas/os-rendidas/os pela solidão e pela beleza de um manto cinza de água".

[prefacio]

Como las aguas: de lo volátil a lo incierto

Clarissa Macedo

vivir debería ser fácil
como un grito
ESTHER BLANCO

Levar consigo um oceano/ Llevar consigo um océano, de Esther Blanco, nos llama la atención, inmediatamente, por lo inusual. Ocurre que una poeta hispano-brasileña escribe en dos lenguas, la materna, el español, y la "adoptada", el portugués de Brasil. Y este es un hecho que merece ser destacado, pues escribir poesía en diferentes proyectos lingüísticos traduciendo la propia obra exige un profundo conocimiento de los idiomas de traducción y una sensibilidad sonora, rítmica e imagética, casi mística, muy poderosa — las cuales posee la autora, sin duda. Y a partir de este vértice de movimiento, puntualizaré algunas palabras sobre el estado de "movencia" — que su apropiado (y hermoso) título sugiere — de la palabra lírica en este libro.

En el volumen de poemas en cuestión, el tránsito, que (puede) se confunde con la biografía de la escritora, es un punto que rige los textos, como si el nomadismo fuera la llave que abre un claro, cimentado en la inquietud y la perplejidad de la rutina y en la contemplación, minuciosa, de los paisajes sensoriales, psíquicos y cartográficos por los que navega el yo lírico:

de vidrio transparente
y corazón azul
líquido
la bola escondida
en el baúl
que se guarda
como si fuera
un pétalo seco
oscurecido
resto o marca
de lo que fue
luz un día

Y lo que se guarda en el arca de la memoria, como dice este fragmento citado, tiene el color de un pétalo seco, el vigor de un corazón azul — azul como las aguas que chorrean de/en los textos materializados aquí. El agua es el instrumento escogido por la poeta para definir, entre otros elementos, a la mujer. La perspectiva aquí, es totalmente femenina: de la hija que atraviesa, y que es atravesada por, la pérdida de la madre, sobre todo, de la mujer atenta a las galaxias del mar, del verde superpuesto al cielo, al espíritu contemporáneo, a la sutileza que macera los días:

una mujer haciendo un selfie *al borde del barranco sobre el mar*
desplazada del azul
del movimiento sutil de las hojas en la brisa
del transitar de las nubes en el cielo

En el nomadismo — idiomático, impalpable, marino, femenino, memorístico, meditativo —, como perfilan los filósofos Deleuze y

Guattari, se conforma, en el caso de este conjunto de poemas, una desterritorialización: de la lengua, simulada y concreta, en portugués brasileño y español, como señalé anteriormente; y del cuerpo, dibujado por el desplazamiento del espacio y el desapego de lo cotidiano, que se hace filosófico, inhabitual y natural, de una naturalidad sencilla, leve y objetiva, sin dejar de recorrer las densas carreteras que dan acceso a la forma lírica en su dimensión de fuerza, encantamiento y subjetividad.

Dividido en cinco partes y con textos que, en su mayoría, no tienen título, como nómadas, y, por tanto, híbridos en esencia, *Levar consigo um oceano/ Llevar consigo un océano* nos ofrece los sonidos de una poesía salpicada de azules, de cielos y de agua, nos toma de la mano y nos sumerge, piedra a piedra, en los arrecifes de un océano esculpido por la maleabilidad, propia de lo acuoso, y por lo movedizo. Así, quedamos "absortas/os-rendidas/os a la soledad y a la belleza de un manto gris de agua".

LEVAR CONSIGO UM OCEANO

*

ter ficado em casa onde quer que fosse
poderia ter sido um antídoto
entretanto há apenas um caminho de água
que vai e vem
vai
e
vem
da beira do calor à do frio
submerge as palavras os búzios
sepulta fotografias
em milhões cúbicos de água
que devoram e cospem às vezes
com a maré
pedaços podres de caixas
que foram cofre
pedras de vidro gastas
de antigos copos de cristal
miçangas perdidas
de colares
pedaços de canções
lembranças
nuances
tijolos despedaçados
do que foi um dia
uma casa

ela percorre as ruas de uma cidade que não é sua
levando consigo um oceano

*

pensar os dois lados sempre
mergulhar na água de um rio que foi a primeira
água marrom fria
o vento do norte sai às cinco da tarde
o pão é redondo como uma lua quente
e sabe às tardes do mês de julho agosto setembro
à ladeira que sobe ou desce no gelo num inverno longe
à casa antiga de pedra
ao tempo sem tempo
depois veio o antes
o trem
as cidades
o fim do caminho reto

*

por que guarda
tantos passaportes
com suas fotos
de outras vidas
dela
e os carimbos
de tantas vezes
que foi e voltou
por cima da água
fria escura
das correntezas
lá embaixo
a milhares
de pés de altura
no avião
invisível para os peixes
e as baleias
sentada
no corredor
na esperança
de mais calma
e perspectiva
até pisar terra
e achar que já chegou?

*

de vidro transparente
e coração azul
líquido
a bola escondida
no baú
que se guarda
como se fosse
uma pétala seca
escurecida
resto ou marca
do que foi
luz um dia
paciente
aguarda
o gesto abrupto
iminente
da mão
que a levante
carregue seus dias
seus quilos
suas penas
quebre
a linha invisível
do tempo

e a jogue
como pedra
no mar

*

uma mulher se fazendo um *selfie* à beira do barranco sobre o mar
deslocada do azul
do movimento sutil das folhas na brisa
do transitar das nuvens no céu
da luz já breve
a menina ruiva provavelmente gringa que escreve palavras apertadas
à esquerda da folha de papel só para ela no banco frente ao mar
a sujeira que salpica tudo
as rochas os caminhos de terra à beira da praia
o horizonte longe liso horizontal inofensivo
a ideia repentina de um tsunami de mil metros que engole tudo
— nós a velha civilização nos livros de história
que costumava se retratar sem motivo
pompeianos dois milênios depois com nossos raros costumes —
o garoto a cavalo descendo pela avenida descalço sem camisa
segurando com delicadeza no colo a menina
que olha impressionada o mundo lá embaixo
a terra seca a grama sem grama só terra marrom restos de coisas

estranho algumas tardes de domingo
são tristes como um barco em tarde sem vento
bem longe da terra à vista

*

cver as ondulações do solo
rugas de um rosto que você não conhece
e a espuma gloriosa das nuvens
estar fora de tudo
ser conduzida a um lugar que agora não existe
olhar o mundo como um mapa em relevo
sob as nuvens
desde cima
desde a ausência
desde o descanso de si

TUDO SE MOVE O TEMPO TODO

*

esta mistura de frio e vontade de sair correndo
de volta ao calor do trópico
e o estranhamento
vão e vêm
sou essa que muda o tempo todo
e corre pela via do trem
do calor ao frio
do medo ao acolhimento
do desejo ao desamparo
o tempo todo

agora é a luz dourada da tarde
fria sobre os pinheiros e os carvalhos
agora é a paz
mas estão aí também os pés frios
e a incerteza

sou essa que olha
pela janela do trem
e às vezes se pertence

amo esta terra de passagem sempre
estranha e bela medicina
de efeito fugaz

*

chá de hortelã chocolate risos
luzes que brilham entre as garrafas do bar
uma mulher acaricia o braço de um homem sobre a manga do sobretudo

tudo parece ter ficado pequeno
pouca coisa ou nada
não sei se você sabe
muita corrente de ar

pelas manhãs o mar brilha azul e frio junto ao trem
e eu me entrego ao sol por trás da janela

as duas irmãs riem juntas
riem na rua no elevador no trem no jantar
por qualquer coisa
assim escorrem as horas
de nossos dias
também no templo à meia-noite
o calor dos aquecedores as pessoas
o menino jesus
o belo altar italiano
os cantos
estamos juntas
pequenos gestos nos desenham
algumas ausências

*

chove
desce veloz e encolhido o garoto
que entrega comida na bicicleta
e a mulher entra no táxi
correndo com sua mala
preta
chove tenazmente
como se não fosse fácil deixar o sol
sair
dar um certo amparo
como se fosse a vida este chover persistente
o cinza o medo
não saber se é possível a luz
ou o sossego
chove
um manto cinza de água
que em algum momento
deve pode tem
de parar

*

nos domingos tristes
há uma barquinha amarela boiando esquecida na praia
o mar vai e vem balançando a água e a areia
os peixes e os búzios os cacos de vidro
incansavelmente
o vendedor de picolés toca o sino
num fundo cinza-escuro de nuvens
o sol sai pouco
só de vez em quando
como para te consolar
um colo quente sobre os olhos
você o aceita dócil e deixa que ele te seque
te preencha
te vacine
te acompanhe
brevemente
uns instantes antes
de voltarem as nuvens
e começar a chover

*

alguns dias a alegria foge pelo ralo ou é só cansaço

voltaria a
sessão de tarde num domingo de outono
Gary Cooper e a cozinha do faroeste
pão recém-feito
ouvir essas dublagens que abraçam e dormir

é difícil a respiração
ser leve custa
deveria ser fácil galopar e gritar através dos campos
uma opção possível se jogar água abaixo
seguir a correnteza com tranquilidade
molhar chapéu camisa calça sapatos meias
lábios coração
e boiar
embora pese
até chegar a um remanso
sair na beira e tirar a roupa
se secar ao sol
mas
a água
é

espessa
às vezes

*

a lentidão
é absolutamente necessária
é necessário o espaço milimetricamente
repetido
uma boia que cresce
palpitações sombras luzes
ecos de algo
ou de nada
são necessárias as gotas
uma a uma
durante horas dias séculos
para que a estalactite seja
a montanha seja
o rio
este quarto
este sol sobre os móveis
o silêncio
que não é silêncio
o ar que soa
o movimento pausado da rede
que meu pé para por um segundo
o sopro que infla a cortina de brisa e passa
as horas
a canção filme livro

estas tardes ocas
respirar dormir seguir
são gotas que caem uma a uma
in can sa vel men te
para que eu seja montanha roca rio
e pise com peso leve
de pena
o metro quadrado
de tempo
que habito

*

as folhas se movem com um sopro de vento
eu passo roupa levanto a vista e olho o redemoinho de brisa no muro
me paro na desordem súbita do verde que treme sobre o céu cinza
tudo estava quieto no quadro da janela
na frente outras janelas
a quietude silenciosa da tarde que cresce
na câmera lenta da umidade o mormaço as nuvens
de repente essa agitação das folhas
que cobrem parte do muro
que sobem por ele silenciosamente
que ninguém olha
eu me detenho num parêntese
a surpresa inesperada do sopro de vida
consciência súbita de um tremor uma corrente de ar um corredor
por onde transitam os ventos as marés
a água da chuva
as flores que nascem que murcham
as folhas que caem as que brotam
os peixes as lagartixas os insetos
o musgo das pedras
a areia as estalactites
a vida respira e se ondula
acontecem grandes coisas enquanto passo a roupa
a quietude é mentira

*

o céu se rasga de repente em fendas
as veias das mãos se incham como raízes
mas se escuta a música no banheiro de meu filho
e a casa cheira a sabão de fruta
aumentam as manchas de sol
a pele fica espessa
e doem os dedos intermitentemente
também claudicam as tardes
mas brilham brevemente
e a brisa acaricia a cortina
por um instante só
parece que tudo era leve transparente
que não importava o desgaste
que fosse tudo um privilégio

*

subir para o alto
desde as tripas
pela voz
que suba a água do poço
que o ar corra
até o grito
e o canto

dizer-se
ser palavra a borbotões
sair de dentro
sendo impulso orgânico
magma jorro
pura voz de si

dizer-se água folha vento grama pedra
contra os vidros
dizer-se onda
que explode em espuma
sobre a areia
dizer-se musgo
que se dobra e brilha
sobre a pedra
dizer-se alga
na água

da onda que a leva
contra a terra
dizer-se naturalmente
sendo
sem pensar no que tu és

viver deveria ser fácil
como um grito

DURARÁ POUCO

*

a água cristalina
que faz um caminho na areia
até o mar
as pequenas conchas
de madrepérola
na mão
lavá-las
tirar a areia
que escorre entre meus dedos
com a água
ver como escorregam
os pequenos grãos
ouvir também
o mar

só nós
na praia aberta
eu com minhas conchas
entre os dedos
e a água limpa
um minúsculo
fragmento
do todo

*

acontece
poucas vezes
teus olhos
me olham dentro
e sobe como correnteza
uma maré inteira
um segundo denso
fulminante
na boca que respira
uma espécie de tremor
fome lava magma sal
pequena alegria gigantesca
de ter tudo
em um instante bolha
que se incha e se faz vapor
nuvem vento calor
sopro breve
fugaz poderoso
acontece depois que passa
volta a pedra
o limo
o rastejar lento
a chuva de cada dia
o buraco

mesita de noche

tem a *femme rompue*
aquele verso da Bishop
sobre ter ficado em casa
onde quer que fosse
e *no te veré morir*
mon trésor chéri
um coração de vidro vermelho
amuletos
contra os lençóis frios
e a cama imensa

foulard

ainda tem o teu cheiro no cachecol que você me deu
— guarda-o contigo e aproveita
antes do cheiro ir embora —
passou um dia só e vai-se
aos poucos
o rasto de tua carne
na lã quente
fica pouco já
de tua presença no pano
que entretanto
me cobre como um abraço
os ombros
e me dá calor

essa tua ausência me veste
como o fogo
da lareira
acesa
numa casa

*

chove na janela
giram as asas do ventilador
um cachorro late longe e os lençóis
são um redemoinho
enrolado e difícil
também entra a brisa
e uma sirena
brevemente
enquanto
seguem caindo as gotas no asfalto
você é outro que não conheço
uma versão distante
longe de mim
dentro do aquário iluminado
de uma casa que não é minha

*

esperar sem horizonte sem porto
banhar-se numa água que não flui

havia uma luz acesa na janela e você andava
às escuras é difícil
às escuras e na água estagnada
tudo vai se apagando
se desfaz o caminho

a tristeza é a maré que alaga a casa
e apodrece tudo

*

um corpo
uma víscera
um coração
seu sangue fluindo
leve demais
não deveria
o que deveria
é beber o limo
dos rios as algas
e os crustáceos
para semear os músculos
as articulações
de sol de sal de mar
deveria esse corpo
dar um giro uma cambalhota
se tornar papoula
sair do precipício
entrar em casa
lavar a roupa
cheirar o sabão
nos lençóis ao sol
florescer de novo
perto de mim

*

aproximar-se do outro
entendê-lo
ou pular numa correnteza agitada
e tentar chegar à outra beira
em linha reta
a água faz ondas e redemoinhos
a gente perde o caminho
se afasta do ponto e não consegue
poder chegar
nada e nada
perde às vezes o fôlego
às vezes
tudo é marrom
água e céu
desaparece a chama do outro lado

amar é limitado e confuso
impossível possuir a luz
ver o outro
inteiramente
só resta nadar
ou desistir
e deixar que a água te leve
rio abaixo

O QUE CRESCE E MORRE

as carpas

havia uma bola de vidro azul e transparente
lascada como um fóssil de pedra
pesada e velha — bela
como eu quando era uma flor amarela —
guardava-a como uma rêmora
um pedaço de outra mulher que fui

como já nada disso importa
a joguei no rio no último dia do ano
um rio azul que passa sob uma ponte
entre álamos secos
que ascendem água acima
três carpas cinzas
como sombras

solilóquio

não
acreditava
não quis vê-lo
não quis
vê-lo
morto

que os sinos não toquem

o dia todo chovendo a cântaros
sai o sol limpo de maio
e tantas pessoas
no cemitério

eu não queria vê-lo
é tão difícil
ver
quem amas
morto

os sinos não tocam
ela na cama
as janelas fechadas
a tarde em silêncio
todos no cemitério

*

não há alegria nem risos
há uma passividade grande
há ladainhas que repetem alguns velhos
sem parar sem público sem motivo
está o tédio de não haver mais nada que isso
a tevê ligada as revistas velhas o cheiro
está a mãe e seu corpo rígido
que cai sem saber sem querer
sem poder retificar
e seus olhos vazios
que se perdem se cansam
está a mulher que caminha e caminha na sua cadeira de rodas
há outra que reza e reza e reza
e os gritos do homem que grita grita
a mulher de pele transparente na cama
que de vez em quando me pede
que mova sua perna
essa perna de neve e osso
que eu coloco centímetro a centímetro
enquanto minha mãe dorme
cheiro seu corpo quente
alheio quieto
depois toca a canção no seu ouvido
afora o mar e o verão
os cachos brancos das ondas na água

os telhados as bandeirolas
as garotas suas pernas morenas
os turistas russos franceses
a sanfona no trem
os banhistas
e o sabor de sal
da tristeza

*

comprava todos os dias na padaria um bolo diferente
dos que eu gostava na infância
como para me despedir
olhava o mar no outono
o caminho de ferro
as estações
percorria as trilhas de sempre
na iminência do desapego
saboreava os detalhes
escutava palavras em ambas as línguas
me perguntava pelas pessoas os sorrisos os silêncios
via fluir como um rio a normalidade aparente das horas
pressentia encolhida o precipício
tomava distância
me preparava para partir
depois de fechar a casa

*

me deu sua morte de presente
escolheu você esse último gesto
fundo
oco
de dar-me
o estranho presente
da iminência
de seu último suspiro?
olhar-te e cortar o tempo largo espesso
cinquenta segundos sessenta cem
sem que o ar voltasse
teu corpo
você já sem você
belo trânsito daqui ao nada
como nascer
meu filho

*

nada posso saber deles
fortes como torres
nas fotografias
um terno militar
um homem alto e um bigode
um carpinteiro que fabrica
um banquinho para bordar
e seus sapatos brilhantes
o gesto da mão
no corpo da menina
um pulôver de lã

ficaram ali elas e seus atos devotos
uma pancada e o trabalho dos dias
seus silêncios
a memória calada sempre
a saia preta
as pernas brancas
o desamparo
um caminho aberto na terra
e os passos dia após dia para frente
o coração ermo
o buraco nas mãos
das mãos deles

ausentes
uma tocha
até o fim

ficamos nós
outras
nosso caminho

*

em que momento onde
em que suspiro lágrima mal gesto
se foi a carne dura
o olhar limpo
os joelhos lisos
as costas
uma ladeira imensa
em que momento
você começou a deixar de ser jovem
a forjar este corpo
que tem de ser ainda
mais mole
mais seco
mais velho

*

estranho meu corpo
como aquelas tardes de domingo
cheias de sol rios risos
e possibilidades

fui corpo palmeira
álamo
folha na água
flor
fui corpo fruta
nadava no rio
como um vagalume que brilha
pleno de si
fui perna que escorrega em outras pernas
corpo promessa lírio peixe
fui cegonha ninho
fui nuvem rosa
cacto cheio de água
que só queria explodir
fui corda de harpa
sopro
onda de mar

começo a ser lama
tronco
outono
pedra
adivinho perto de mim
o rosto obscuro do tempo

*

mãos tronco
mãos cacho
seco de terra
seiva
de outras antes de você
que agarraram
cuidaram
amaram
curvaram-se
com o tempo
e a artrose
no gesto nobre de estátuas
que estranham a passagem veloz
do galho folha verde água
a este peso

todas fomos jovens gazelas
e todas vemos um dia
as mãos
da mãe idosa
a avó
o avanço imparável
da pedra

viver em mim

este silêncio uma árvore
a mesa o gato o céu
a chuva o livro um gavião
os lápis a areia os pássaros
meu filho a terra a garça
as colchas a água as pedras
o rio o galo o caderno
os troncos o mar os caminhos
e este corpo meu
que envelhece em paz

*

uma ave ferida
espera quietíssima
a maré terminar de subir
desistindo
de qualquer movimento inútil

há sombras alongadas na areia
as figuras das crianças
douradas na beira do mar
e sua mãe que cuida deles quieta
junto a uma cadeira vazia
como uma barca de plástico
à deriva
um pescador solitário
contempla o azul
em pé
esperando

o pássaro morrerá primeiro
não sei se antes
do pôr do sol

O QUE JÁ NÃO É

Todas as fotos do passado parecem melancólicas e tristes, justamente porque elas captam algo que já não é.

MAGGIE O´FARRELL, *A primeia mão que segurou a minha.*

A dor da foto [...] Um buraco por onde se percebe a luz fixa do tempo, do nada. Toda foto é metafísica.

ANNIE ERNAUX; MARC MARIE, *O uso da foto*

*

o momento de olhar uma foto
a dor ou o buraco
por onde volta a luz
do que já não é

*

a igreja cheia
todos na missa
as três jovens mulheres
debruçadas
no coro
olham com franqueza para quem tira a foto
com uma alegre confiança em tudo
o que existe
e essa limpa transparência
que perderão depois
ela sorri com os cotovelos apoiados
na sacada de madeira
está contente enquanto olha tudo
as pessoas
o homem jovem
entre os outros homens
se encontrarão depois
e se afastarão
um do lado do outro pela estrada
brilha tranquila entre suas amigas
esse domingo
nesse pequeno espaço de tempo
inteiramente dona de si

a juventude era isso
olhar para a correnteza da água impetuosa
e sorrir

*

ri satisfeita minha mãe
com um vestido branco
estreitamente abraçados no baile
ele acorrenta seu dedo polegar ao indicador dela
envolvendo seu braço direito no dela
que sorri para ele
suavemente
e seus olhos acariciam seus lábios
se entrega
no sorriso imenso
dançam em preto e branco
num baile de interior
que bem poderia ser
um filme italiano

a memória é uma nuvem

o corpo pequeno dessa menina
se escorre para frente
atenta a algo que está fora da foto
sua mão diminuta se agarra confiante
por trás do pescoço do homem
a seu corpo
e a mão grande dele a segura
enquanto lhe diz alguma coisa
para que não se escape
o pulôver de lã
o perfil moreno
o gesto suave
o nariz que será o dela
quando crescer
e nada lembre
do aroma do calor
nem a voz nem o sotaque
só a névoa
do impulso que a levava fora
nos segundos antes da câmera
deter o instante
do contato
com o corpo de seu pai
uma casa que foi sua

cinco anos

o sol cegando seus olhos
e suas pernas de osso sobre os patins
de ferro
pisca os olhos sem querer
e força o sorriso
a estreia
do gesto de se esforçar
em se sobrepor ao sol que a cega
e a alegria que não chega a ser
a menina posa apoiada no muro de pedra
com seu vestido pequeno de xadrez escocês
e os patins novos
numa cidade cinza cheia de poeira
sozinha na frente do objetivo
dos olhos pretos
de sua mãe
de luto

semente

se misturam no gesto ela mesma
e o olhar de sua mãe naquela foto
com apenas dezessete talvez
dois pontos distantes no tempo

nasceu dessa mulher que foi tão jovem
e havia assinado para minha prima com carinho
depois de posar para o fotógrafo da pequena cidade
uma manhã de inverno

foi criança magrela
e mais tarde essa garota num bar de Londres
olhando para um ponto infinitamente distante
uma linha invisível que a levará
a uma cidade azul
ao outro lado do mar

nesse instante sabe tão pouco
é ela e os outros
embora seus olhares não se cruzem
tão certa ela do que não sabe

tudo chegará
e passará

também seus olhos
que são os de sua mãe
morta

*

para Fabian

um pequeno com olhos d'água
ternos e redondos
docilmente sentado na poltrona
olha alguma coisa fora do foco
os dedinhos de uma mão encolhidos
escondidos na outra
meias de inverno
roupa de frio
te embrulharia inteiro em dois braços de algodão

o garoto num rio
com seu barco de latão e madeira
na mão
o corpo forte
olha para a câmera
com gesto valente
será o tigre da montanha
forte na batalha
a boca ávida de água de ar de luz
te seguiria às nuvens ao rio ao sol
amo os dois meninos em ti

memória de uma casa

apenas uma pequena parte da fachada branca
sai na foto
e o tendal de roupa na porta
com duas toalhas secando ao sol
o resto é só reflexo
em preto e branco
— umas janelas
o beiral do telhado
um pedaço de céu —
na água do cocho que brilha fria
a rua deserta
os três gatos se debruçando numa nuvem
desenhada no espelho do tempo

*

você corre magrinho pela praia vazia
no pôr do sol
os olhos chineses de tão fechados
pelo estalido de teu riso
todo molhado de mar
em direção a mim
que sou essa sombra na areia
que te fotografa
e te olha
continua te olhando
deslumbrada
desde aquela primeira noite
uma linha de seda costurada
nos meus braços

o cheiro doce azedo
do bebê que você foi
a gargalhada intensa
esse gesto da língua
nos lábios
as mãozinhas
do menino
o garoto
tudo está em ti quando te olho agora

em que floresce o homem
no corpo junco
de explorador
que aprende a viver
que sofre
que conhece a dor
o medo

dói a linha então
e também me surpreendes
sempre
como se fosses água que mana de repente
entre as pedras do caminho
e brilha ao sol

*

nos jardins não há ninguém
as árvores nuas são gigantes pretos
de silêncio e frio
Paris é cinza no inverno
e silenciosa
nada brilha
ninguém levanta a voz
o sol vive bem longe desse céu
tudo vestido por uma gaze gélida e distante
as gentes sussurram como o frio
e ninguém habita as árvores sem ruído
mas no café tudo é vermelho
o calor brilha
as vozes
os cristais
uma mulher olha o frio
uma figura em preto e branco na fotografia
sozinha na sacada ao outro lado
longe das janelas do café
não tem rosto
e entretanto
naquele instante
lá onde está
ela busca

espera
respira
talvez
com dificuldade

*

de mãos dadas
andamos juntas
junto ao mar
de costas
algo invisível retrata
na foto seu eixo vacilante
parece que o vento a inclina
e ela se agarra a mim
que ando em equilíbrio
subida no meio-fio de pedra
levo ela como se fosse uma criança
para um ponto sem volta não tão longe
nesse momento
ela confia
e eu posso ajudá-la

quando já não falava
nem se movia quase
quando se entregava teimosamente
ao sonho como a um berço
ainda era mãe
era corpo
era seu calor
seu cheiro

era suas mãos de pedra
dóceis como brotos de videira
era sua pele seca seus poros
seu sorriso distante
podia cheirá-la
podia cheirar
seu corpo
de mãe
isso é
o que já não é

SER LIBÉLULA
(UM EPÍLOGO)

*

uma libélula vermelha e azul no rio
sobrevoa uma vez e outra uma pequena folha
que boia na água

(o ciclo mais curto de uma libélula pode ser de uns seis meses
há libélulas inclusive que vivem por vários anos
como larvas aquáticas ou ninfas antes de surgir
e viver alguns meses como adultas)

ser ninfa aquática
antes que o relógio conte o tempo
ser depois esse ser diminuto delicadamente vermelho
e azul e viver sobre a água
conhecendo apenas a água
e o verde
ser só cor
e pequenos gestos transparentes
cheirar o rio e brilhar
e deixar de fazê-lo
o último dia do sexto mês

LLEVAR CONSIGO UN OCÉANO

*

haberse quedado en casa dondequiera que fuese
podría haber sido un antídoto
y sin embargo hay solo un camino de agua
que va y viene
va
y
viene
de la orilla del calor a la del frío
sumerge las palabras las caracolas
sepulta fotografías
en millones cúbicos de agua
que devoran y escupen a veces
con la marea
pedazos podridos de cajas
que fueron joyero
piedras de cristal gastadas
de antiguos vasos de vidrio
cuentas perdidas
de collares
pedazos de canciones
recuerdos
roces
ladrillos despedazados
de lo que fue un día
una casa

recorre las calles de la ciudad que no es suya
llevando consigo un océano

*

pensar los dos lados siempre
sumergirse en el agua de un río que fue la primera
agua marrón fría
el viento del norte sale a las cinco de la tarde
el pan es redondo como una luna caliente
y sabe a las tardes del mes de julio agosto septiembre
a la cuesta que sube y baja en el hielo un invierno lejos
a la casa antigua de piedra
al tiempo sin tiempo
después vino el antes
el tren
las ciudades
el fin del camino recto

*

¿por qué guarda
tantos pasaportes
con sus fotos
de otras vidas
suyas
y los sellos
de tantas veces
en que fue y volvió
por encima del agua
fría oscura
de las corrientes
allá abajo
a millares
de pies de altura
en el avión invisible
a los peces y las ballenas
sentada
en el pasillo
con la esperanza
de más calma
y perspectiva
hasta pisar tierra
y creer que ya llegó?

*

de vidrio transparente
y corazón azul
líquido
la bola escondida
en el baúl
que se guarda
como si fuera
un pétalo seco
oscurecido
resto o marca
de lo que fue
luz un día
paciente aguarda
el gesto abrupto
inminente
de la mano
que la levante
cargue sus días
sus kilos
sus penas
rompa
la línea invisible
del tiempo
y la tire

como piedra
al mar

*

una mujer haciendo un *selfie* al borde del barranco sobre el mar
desplazada del azul
del movimiento sutil de las hojas en la brisa
del transitar de las nubes en el cielo
de la luz ya breve
la chica pelirroja probablemente gringa que escribe palabras apretadas
a la izquierda de la hoja de papel solo para ella en el banco frente al mar
la suciedad que lo salpica todo
las rocas los caminos de tierra a la orilla de la playa
el horizonte lejos liso horizontal inofensivo
la idea repentina de un tsunami de mil metros que lo traga todo
— nosotros la vieja civilización en los libros de historia
que solía retratarse sin motivo
pompeyanos dos milenios después con nuestras raras costumbres —
el chico a caballo bajando por la avenida descalzo sin camisa
llevando en brazos con delicadeza a la niña que mira impresionada
el mundo allá abajo
la tierra seca el césped sin césped solo tierra marrón restos de cosas

son extrañas algunas tardes de domingo
tristes como un barco en tarde sin viento
lejos de tierra a la vista

*

estar suspendida
en el aire como si el avión
fuese un puente
que fluctúa estático y nos aleja
disfrutar de esa distancia etérea leve
sin raíces ni pies hundidos en la tierra
ver las ondulaciones del suelo
arrugas de un rostro que no conoces
y la espuma gloriosa de las nubes
estar fuera de todo
ser conducida hacía algún sitio que no existe ahora
mirar el mundo como un mapa en relieve
bajo las nubes
desde arriba
desde la ausencia
desde el descanso de sí

TODO SE MUEVE TODO EL TIEMPO

*

esta mezcla de frío y ganas de salir corriendo
de vuelta al calor del trópico
y el extrañamiento
van y vienen
soy esa que cambia todo el rato
y corre por una vía de tren
del calor al frío
del miedo al acogimiento
del deseo al desamparo
todo el tiempo

ahora es la luz dorada de la tarde fría
sobre los pinos y las encinas
ahora es la paz
pero están ahí también los pies fríos
y la incertidumbre

soy esa que mira
por la ventanilla del tren
y a ratos se pertenece

amo esta tierra de paso siempre
extraña y bella medicina
de efecto fugaz

*

poleo menta chocolate risas
luces que brillan entre las botellas del bar
una mujer acaricia el brazo de un hombre sobre la manga del abrigo

todo parece haberse hecho pequeño
poca cosa o nada
no sé si lo sabes
demasiada corriente de aire

por las mañanas el mar brilla azul y frío junto al tren
y yo me entrego al sol tras la ventana

las dos hermanas ríen juntas
ríen en la calle en el ascensor en el tren en la cena
por cualquier cosa
así se deslizan las horas
de nuestros días
también hay un templo a medianoche
el calor de las estufas la gente
el niño jesús
es hermoso el altar italiano
los cantos
estamos juntas
pequeños gestos nos dibujan
algunas ausencias

*

llueve
baja veloz y encogido el muchacho
que reparte comida en la bicicleta
y la mujer entra en el taxi
corriendo con su maleta
negra
llueve tenazmente
como si no fuera fácil dejar al sol volver
dar un cierto amparo
como si fuera la vida este llover persistente
el gris el miedo
no saber si es posible la luz
o el sosiego
llueve
un manto gris de agua
que en algún momento
debe puede tiene
que parar

*

en los domingos tristes
hay una barquita amarilla flotando olvidada en la playa
el mar va y viene meciendo el agua y la arena
los peces las caracolas los trozos de vidrio
incansablemente
el vendedor de helados toca la campanilla
en un fondo gris oscuro de nubes
el sol sale poco
solo de vez en cuando
como para consolarte
un regazo de calor sobre los ojos
lo aceptas dócil y dejas que te seque
te llene
te vacune
te acompañe
brevemente
unos instantes antes
de volver las nubes
y empezar a llover

*

algunos días se escapa la alegría por el desagüe
o es solo cansancio

volvería a
sesión de tarde un domingo de otoño
Gary Cooper y una cocina del oeste
pan recién hecho
oír esos doblajes que abrazan
y dormir

es difícil la respiración
pesa el esfuerzo
aligerar cuesta
debería ser fácil galopar y gritar campo a través
una opción posible tirarse agua abajo
seguir la corriente con tranquilidad
empaparse sombrero camisa pantalones zapatos calcetines
labios corazón
y flotar
aunque pese
hasta llegar a un remanso
salir a la orilla quitarse la ropa
secarse al sol
pero

el agua
es
espesa
a veces

*

la lentitud
es absolutamente necesaria
es necesario el espacio milimétricamente
repetido
una burbuja que crece
palpitaciones sombras
luces ecos de algo
o de nada
son necesarias las gotas
una a una
durante horas días siglos
para que la estalactita sea
la montaña sea
el río
esta habitación
este sol sobre los muebles
el silencio
que no es silencio
el aire que suena
el movimiento pausado de la hamaca
que detiene mi pie por un segundo
el soplo que infla la cortina de brisa y pasa
las horas
una canción película libro

estas tardes huecas
respirar dormir seguir
son gotas que caen una a una
in can sa ble men te
para que yo sea montaña roca río
y pise con peso leve
de pluma
de piedra
el metro cuadrado
de tiempo
que habito

*

se mueven las hojas con un golpe de viento
yo plancho levanto la vista y miro el remolino de brisa en el muro
me detengo en el desorden súbito del verde que tiembla sobre el cielo gris
todo estaba quieto en el cuadro de la ventana
enfrente otras ventanas
la quietud silenciosa de la tarde que crece
en la cámara lenta de la humedad el bochorno las nubes
de repente ese agitarse de las hojas
que cubren parte del muro
que trepan silenciosamente
que nadie mira
me detengo en un paréntesis
la sorpresa inesperada del soplo de vida
conciencia súbita de un latido una corriente de aire un pasillo
por donde transitan los vientos las mareas
el agua de lluvia
las flores que nacen que se marchitan
las hojas que se caen las que brotan
los peces las lagartijas los insectos
el musgo de las piedras
la arena las estalactitas
la vida respira y se ondula
ocurren grandes cosas mientras yo plancho
la quietud es mentira

*

el cielo se rasga de repente en grietas
las venas de las manos se hinchan como raíces
pero suena la música en el baño de mi hijo
y la casa huele a gel de fruta
aumentan las manchas de sol
la piel se espesa
y duelen los dedos intermitentemente
también claudican las tardes
pero brillan brevemente
y la brisa acaricia la cortina
por un instante sólo
parece que todo fuese leve transparente
que no importara el desgaste
que fuera todo un privilegio

*

subir hacia lo alto
desde las tripas
por la voz
que suba el agua del pozo
que el aire corra
hasta el grito
o el canto

decirse
ser palabra a borbotones
salir de dentro
siendo impulso orgánico
magma chorro
pura voz de sí
decirse agua hoja viento
hierba piedra contra los vidrios
decirse ola
que revienta en espuma
sobre la arena
decirse musgo
que se dobla y brilla
sobre la piedra
decirse alga
en el agua

de la ola
que la lleva
contra la tierra
decirse
naturalmente
siendo
sin pensar en la que eres

vivir debería ser fácil
como un grito

DURARÁ POCO

*

el agua cristalina
que hace un camino en la arena
hasta el mar
las pequeñas conchas de nácar
en la mano
lavarlas
quitarles toda la arena
que se escurre entre mis dedos
con el agua
ver cómo resbalan
los pequeños granos
oír también
el mar

solo nosotros
en la playa abierta
yo con mis conchas
entre los dedos
y el agua limpia
un minúsculo
fragmento
del todo

*

sucede
pocas veces
tus ojos me miran dentro
y sube corriente arriba
una marea entera
un segundo denso
fulminante
en la boca que respira
una especie de temblor
hambre lava magma sal
pequeña alegría gigantesca
de tenerlo todo
en un instante burbuja
que se infla y se hace vapor
nube viento calor
aliento breve
fugaz poderoso
sucede después que pasa
vuelve la piedra
el limo
el arrastrarse lento
la lluvia de cada día
el hueco

mesita de noche

está la *femme rompue*
aquel verso de la Bishop
sobre haberse quedado en casa
donde quiera que fuese

y no te veré morir
mon trésor chéri
un corazón de vidrio rojo
amuletos
contra las sábanas frías
y la cama inmensa

foulard

todavía huele a ti la bufanda que me diste
— guárdala contigo y aprovecha
antes de que el olor se vaya —
ha pasado un día solo y se va yendo
poco a poco
el rastro de tu carne
en la lana caliente
queda poco ya
de tu presencia en el paño
que sin embargo
me cubre como un abrazo
los hombros
y me da calor

esta tu ausencia me viste
como el fuego
de la chimenea
encendida
en una casa

*

llueve en la ventana
giran las aspas del ventilador
un perro ladra lejos y las sábanas
son un remolino
embrollado y difícil
también entra la brisa
y una sirena
brevemente
mientras
siguen cayendo las gotas en el asfalto
tú eres otro a quien no conozco
una versión distante
lejos de mí
dentro de la pecera iluminada
de una casa que no es mía

*

esperar sin horizonte sin puerto
bañarse en el agua que no fluye

había una la luz encendida en la ventana y andabas
a oscuras es difícil
a oscuras y en el agua estancada
todo se va apagando
se borra el camino

la tristeza es la marea que inunda la casa
y lo pudre todo

*

un cuerpo
una víscera
un corazón
su sangre fluyendo
demasiado leve
no debería
lo que debería
es beber el limo
de los ríos las algas
y los crustáceos
para sembrar los músculos
las articulaciones
de sol de sal de mar
debería ese cuerpo
dar un giro una voltereta
hacerse amapola
salir del precipicio
entrar en casa
lavar la ropa
y oler el jabón
en las sábanas
tendidas al sol
florecer de nuevo
cerca de mí

*

acercarse al otro
entenderlo
o saltar a una corriente revuelta
e intentar llegar a la otra margen
en línea recta
el agua hace ondas y remolinos
uno pierde el camino
se aleja del punto y no consigue
poder llegar
nada y nada
pierde a veces el aliento
a veces
todo es marrón
agua y cielo
desaparece la llama al otro lado
amar es limitado y confuso
imposible poseer la luz
ver al otro
por entero
solo queda nadar
o dejar que el agua te lleve
río abajo

LO QUE CRECE Y MUERE

las carpas

tenía una bola de vidrio azul y transparente
descascarillada como un fósil de piedra
pesada y vieja — bella
como yo cuando era una flor amarilla —
la guardaba como una rémora
un pedazo de otra mujer que fui

como ya nada de eso importa
la lancé al río la última mañana del año
un río azul que pasa debajo de un puente
entre álamos secos
que remontan agua arriba
tres carpas grises
como sombras

soliloquio

no lo creía
no quise verle
no quise
verle
muerto

que no toquen a muerto

todo el día lloviendo a mares
sale el sol limpio de mayo
tanta gente
en el cementerio

yo no quería verle
es tan difícil
ver
a quien amas
muerto

no tocan las campanas
ella dentro
los postigos cerrados
la tarde en silencio
todos en el cementerio

*

no hay alegría ni risas
hay una pasividad grande
hay cantinelas que repiten algunos viejos
sin parar sin público sin motivo
está el tedio de no haber nada más que esto
la tele encendida las revistas viejas el olor
está la madre y su cuerpo rígido
que cae sin saber sin querer
sin poder rectificar
y sus ojos vacíos
que se pierden se cansan
está la mujer que camina y camina
en su silla de ruedas
hay otra que reza y reza y reza
y los gritos del hombre que grita grita
la mujer de piel transparente en la cama
que de vez en cuando me pide
que le mueva la pierna
esa pierna de nieve y hueso
que yo coloco centímetro a centímetro
mientras mi madre duerme
huelo su cuerpo caliente
ajeno quieto
después suena la canción en su oído

afuera el mar y el verano
los rizos blancos de las olas en el agua
los tejados los banderines
las chicas sus piernas morenas
los turistas rusos franceses
el acordeón en el tren
los bañistas
y el sabor a sal
de la tristeza

*

cada día compraba en la panadería una pasta diferente
de las que me gustaban en mi infancia
como para despedirme
miraba el mar en otoño
las vías del tren
las estaciones
recorría los caminos de siempre
en la inminencia del desposeimiento
paladeaba los detalles
escuchaba palabras en ambas lenguas
me preguntaba por las gentes las sonrisas los silencios
veía fluir como un río la normalidad aparente de las horas
presentía encogida el precipicio
tomaba distancia
me preparaba para partir
después de cerrar la casa

*

¿me regalaste tu muerte
escogiste ese último gesto
hondo
hueco
de darme
el extraño regalo
de la inminencia
de tu último suspiro?
mirarte y cortar el tiempo ancho espeso
de los cincuenta segundos sesenta cien
sin que volviera tu aliento
tu cuerpo
tú ya sin ti
hermoso tránsito de aquí a la nada
como nacer
mi hijo

*

nada puedo saber de ellos
fuertes como torres
en las fotografías
un traje de militar
un hombre alto y un bigote
un carpintero que construye
un banquito para bordar
y sus zapatos brillantes
el gesto de una mano
en el cuerpo de la niña
un jersey de lana

quedaron ellas y sus actos devotos
un hachazo y el trabajo de los días
sus silencios
la memoria callada siempre
la falda negra
las piernas blancas
solas
el desamparo
un camino abierto en la tierra
y los pasos día tras día hacia adelante
el corazón baldío
el hueco en las manos

de sus manos
ausentes
una antorcha
hasta el fin

quedamos nosotras
otras
nuestro camino

*

en qué momento dónde
en qué suspiro lágrima mal gesto
se fue la carne dura
la mirada fresca
las rodillas lisas
la espalda
una ladera inmensa
en qué momento
empezaste a dejar de ser joven
a fraguar este cuerpo
que ha de ser todavía
más blando
más seco
más viejo

*

extraño mi cuerpo
como aquellas tardes de domingo
llenas de sol ríos risas
y posibilidades

fui cuerpo palmera
álamo
hoja en el agua
flor
fui cuerpo fruta
nadaba en el río
como una luciérnaga que brilla
plena de sí
fui pierna que resbala en otras piernas
cuerpo promesa lirio pez
fui cigüeña nido
fui nube rosa
cactus lleno de agua
que solo quería estallar
fui cuerda de arpa
soplo
ola de mar

empiezo a ser barro
tronco

otoño
piedra
adivino cerca de mí
el rostro oscuro del tiempo

*

manos tronco
manos racimo
seco de tierra
savia
de otras antes que tú
que agarraron
cuidaron
amaron
se curvaron
con el tiempo
y la artrosis
en noble gesto de estatuas
que se extrañan del paso veloz
de rama hoja verde agua
a este peso

todas fuimos jóvenes gacelas
y todas vemos un día
las manos
de la madre anciana
la abuela
el avance imparable
de la piedra

vivir en mí

este silencio un árbol
la mesa el gato el cielo
la lluvia el libro un gavilán
los lápices la arena los pájaros
mi hijo la tierra la garza
las colchas el agua las piedras
el río el gallo el cuaderno
los troncos el mar los caminos
y este cuerpo mío
que envejece en paz

*

un ave herida
espera
quietísima
a que la marea termine de subir
desistiendo
de cualquier movimiento inútil

hay sombras alargadas en la arena
las figuras de dos niños
doradas al borde del mar
y su madre que los vigila quieta
junto a una silla vacía
casi dentro del agua
como una barca de plástico
a la deriva
un pescador solitario
contempla el azul
de pie
esperando

el pájaro morirá primero
no sé si antes
de ponerse el sol

LO QUE YA NO ES

Todas las fotos del pasado parecen melancólicas y tristes precisamente porque captan algo que ya no es.

MAGGIE O´FARRELL, *La primera mano que sostuvo la mía*

El dolor de la foto [...] Un agujero por el que se percibe la luz fija del tiempo, de la nada. Toda foto es metafísica.

ANNIE ERNAUX; MARC MARIE, *El uso de la foto*

*

el momento de mirar una foto
el dolor o el agujero
por donde vuelve la luz
de lo que ya no es

*

la iglesia llena
todo el pueblo en misa
las tres jóvenes mujeres
en el coro
asomadas
miran con franqueza a quien dispara la foto
con una alegre confianza en todo
lo que existe
y esa limpia transparencia
que perderán después
ella sonríe con los codos apoyados
en la barandilla de madera
está contenta mientras lo mira todo
a la gente
al hombre joven
entre los otros hombres
se encontrarán después
y se alejarán
uno junto al otro por la carretera
brilla tranquila entre sus amigas
ese domingo
en ese pequeño espacio de tiempo
enteramente dueña de sí

la juventud era eso
asomarse a una corriente de agua impetuosa
y sonreír

*

ríe complacida mi madre
con un vestido blanco
estrechamente abrazados en el baile
él encadena su dedo pulgar al índice de ella
envolviéndole el brazo derecho con el suyo
le sonríe ella
suavemente
y sus ojos le acarician los labios
se entrega
en la sonrisa inmensa
bailan en blanco y negro
en un baile de pueblo
que bien podría ser
una película italiana

la memoria es una nube

el cuerpo pequeño de esa niña
se escurre hacia delante
atenta a algo que está fuera de la foto
su mano diminuta se agarra confiada
por detrás del cuello del hombre
a su cuerpo
y la mano grande de él la sostiene
mientras le dice algo
para que no se vaya
el jersey de lana
el perfil moreno
el gesto suave
la nariz que será suya
cuando crezca
y nada recuerde
de su aroma su calor
ni la voz ni su acento
solo la niebla
del impulso que la llevaba fuera
en los segundos antes
de que la cámara detuviera
el instante
del contacto

con el cuerpo de su padre
una casa que fue suya

cinco años

el sol cegándole los ojos
y sus piernas de hueso sobre los patines
de hierro
encoge los ojos a su pesar
y fuerza la sonrisa
estrenando
ese gesto de esforzarse
en sobreponerse al sol que la ciega
y a la alegría que no llega a ser
la niña posa apoyada en el muro de piedra
con su vestido pequeño de cuadros escoceses
y los patines nuevos
en un pueblo gris lleno de polvo
sola frente al objetivo
de los ojos negros
de su madre
de luto

semilla

se mezclan en el gesto ella misma
y la mirada de su madre en aquella foto
con apenas diecisiete tal vez
dos puntos distantes en el tiempo

nació de esa mujer que fue tan joven
y había firmado a mi prima con cariño
después de posar para el fotógrafo del pueblo
una mañana de invierno

fue niña flaca
y más tarde esa chica joven en una terraza de Londres
mirando hacia un punto infinito
un hilo invisible que la llevará lejos
a una ciudad azul
al otro lado del mar

en ese instante sabe tan poco
es ella y los otros
aunque sus miradas no se cruzan
tan segura ella de lo que no sabe

todo llegará
y pasará

también sus ojos
que son los de su madre
muerta

*

a Fabian

un pequeño con ojos de agua
tiernos y redondos
dócilmente sentado en un sillón
mira algo fuera del foco
los deditos de una mano encogidos
escondidos en la otra
calcetines de invierno
ropa de frío
te envolvería entero en dos brazos de algodón

el muchacho en un río
con su barco de latón y madera
lo sostiene en la mano
el cuerpo fuerte
mira a la cámara
con el gesto valiente
será el tigre de la montaña
fuerte en la batalla
la boca ávida de agua de aire de luz
te seguiría al sol a las nubes al río
amo a los dos niños en ti

memoria de una casa

solo una pequeña parte de la fachada blanca
sale en la foto
y el tendedero de ropa a la puerta
con dos toallas secándose al sol
el resto es solo reflejo
en blanco y negro
– unas ventanas
el alero del tejado
un trozo de cielo –
en el agua del pilón que brilla fría
la calle desierta
y tres gatos asomándose a una nube
dibujada en el espejo del tiempo

*

corres flaquito por la playa vacía
al atardecer
los ojos chinos de tan cerrados
por el estallido de tu risa
todo mojado de mar
hacia mí
que soy la sombra en la arena
que te fotografía
y te mira
te sigue mirando
deslumbrada
desde aquella primera noche
un hilo de seda recién cosido
a mis manos

el olor dulce ácido
del bebe que fuiste
la carcajada intensa
ese gesto de la lengua
en los labios
las manitas
del niño
el muchacho
todo está en ti cuando te veo ahora

en que florece el hombre
en un cuerpo junco
de explorador
que aprende a vivir
que sufre
que conoce el dolor
el miedo

me duele el hilo entonces
y me asombras
también
siempre
como si fueras agua que mana de pronto
entre las piedras del camino
y brilla al sol

*

en los jardines no hay nadie
los árboles desnudos son gigantes negros
de silencio y frío
París es gris en invierno
y silencioso
nada brilla
nadie levanta la voz
el sol vive muy lejos de ese cielo
todo lo viste una gasa gélida y distante
las gentes susurran como el frío
y nadie habita los árboles sin ruido
pero en el café todo es rojo
el calor brilla
las voces
los cristales
una mujer mira hacia el frío
una figura en blanco y negro en la foto
sola en el balcón al otro lado
lejos de los miradores
no tiene rostro
y sin embargo
en aquel instante
allá donde está
busca

espera
respira
tal vez
con dificultad

*

le doy la mano
andamos juntas
de espaldas
junto al mar
algo invisible retrata
en la foto su eje vacilante
parece que el viento la inclina
y ella se agarra a mí
que ando en equilibrio
subida al borde de piedra
la llevo como si fuera una niña
hacia un punto sin retorno no tan lejos
en ese momento
ella confía
y yo puedo ayudarla

cuando ya no hablaba
ni se movía apenas
cuando se entregaba tenazmente
al sueño como a una cuna
aún era madre
era cuerpo
era su calor su olor
era sus manos de piedra

dóciles como sarmientos
era su piel seca sus poros
su lejana sonrisa
podía olerla
podía oler
su cuerpo
de madre
eso es
lo que ya no es

SER LIBÉLULA
(UN EPÍLOGO)

*

una libélula roja y azul en el río
sobrevuela una y otra vez una pequeña hoja
que flota en el agua

(el ciclo más corto de una libélula puede ser de unos seis meses
hay incluso libélulas que viven durante varios años
como larvas acuáticas o ninfas antes de surgir
y vivir unos meses como adultas)

ser ninfa acuática
antes de que el reloj cuente el tiempo
ser luego ese ser diminuto delicadamente rojo
y azul y vivir sobre el agua
no conociendo más que el agua
y el verde
ser solo color
y pequeños gestos transparentes
oler el río y brillar
y dejar de hacerlo
el último día del sexto mes

nota da autora

Estes poemas foram escritos entre 2017 e 2020 e o livro como tal terminado em Salvador, Bahia, em julho de 2021.

*

Estos poemas fueron escritos entre 2017 y 2020 y el libro como tal terminado en Salvador de Bahía en julio de 2021.

Esther Blanco

É espanhola, filóloga hispânica e mestra pela Universidade de Barcelona. Professora de língua espanhola e literatura na Espanha e no Brasil, hoje é coordenadora acadêmica do Instituto Cervantes de Salvador. Em 2016, publicou *Arena de los días/Areia dos dias*. Poeta selecionada no Mapa da Palavra da Funceb, tem poemas publicados em diversas revistas na Espanha e no Brasil e já participou de recitais dentro e fora do país.

PRIMEIRA EDIÇÃO

–PRIMAVERA/ OUTONO –

BARREIRO/COTIA

MMXXIII

JUNHO